千種創一歌集『あやとり』

もう会えなくなった人たちや親しかった人たちが、
みんな温かい場所で温かく眠っていますように。
今ごろ日本は深夜だなと気づくとき、遠くからよくそうやって祈る。

千種創一歌集『あやとり』目次

川の章

とんぼの章

川の章

そして深められ

開演はふしぎな渚、際に立つ刹那すべての波音は消え

ギターって音の器だ、きらきらとあなたの指が音を取り出す

暗転の数秒に飲む一本の水のひかりは凍てつく海の

弦は切れて音も欠けつつかき鳴らす、歌はそれでも航《わた》りゆけ船

切れた弦が花火のように揺れていた　花火はかなり滅びに近い

渋谷の底の信号待ちのこのあたり太古は海の底だったのに

目をひらけばあなたのギターの残響が深海魚として泳ぎだす

距離の青い蝶

二〇二〇年八月二八日。日没に合わせて画家R.M.の引越しを手伝う。

ビニール傘のひだにゆるりと巻きとられ滴は銀だ、夕立の銀

馬車ほどのトラックは着く夕まぐれ熱を吐き出すゆっくりしぼむ

少し休んでから二つの班に分かれる。千種は牧さんという業者の方と組む。

たそがれを手袋はめて牧さんは今やルパンのような俯き

筆です、と紺の一箱わたされて箱の重さと重みに気づく

硝子張りの通路のぼれば関東の夜雲《よぐも》は明るく迫る、僕らに

抽象画、運ばれていき踊り場で大きな蝶としてひるがえる

日本画は雨に弱いと言いながら画家はポカリの蓋をゆるめた

幼馴染のR.M.と東京で二〇年ぶりに再会したとき、
片方は画家に、片方は歌人になっていた。

暗闇に色も湿りも奪われて絵の具チューブの化石三本

新しいアトリエにはまだ電気がないらしく
窓から入る薄い街明かりの中でぽつぽつ話す。

ヨハン・ゲーテが『色彩論』を書き上げてその夜の豊かな食卓

動くのが蝶、動かないのが花ならばその絵はまったく花にあふれる

名古屋の地元の、あの大きなお地蔵さんを覚えてますか。
さるすべりの木がそばにあって。

光とは糸だったのか夏薔薇はほどけて赤い糸、青い糸

ヘイ、龍《ドラゴン》カム・ヒアといふ声がする（まつ暗だぜつていふ声が添ふ）
／岡井隆（名古屋生、一九二八年〜二〇二〇年）

ドラゴンズ遠くにありて。テーブルのクリアファイルに龍は泳いで

くらがりに顔料を練る、照らしたらウルトラマリン、ほらここが海

変わるのは怖くないから　終電の長い座席に光だけある

ちゃん付けで呼んでた過去のあることの、さるすべりの花さんさんと降れ

化石譚

水槽に太いアリゲーター・ガー眠る、春の幽かな浮力をいなし

夜の駅その両端の瓦斯燈に霧雨あつまるあかるくかるく

自己嫌悪の北極圏にある島のペンギンは悪事をはたらかない

この先は行ってはだめだ、知っている、記憶の廊下にくる、くろいみず

もう死んだ　という現在完了の報せに大きな鱗をもらう

失ったものさえ何かわからなくなって雨ふる草原にいる

あなたは僕の幽霊に、僕はあなたの幽霊に、雪の手紙を書いていたんだ

開封刀《ペーパーナイフ》の鈍いひかりを研いでいくことをおもう　おもうだけの霜月

ami.me号外戦記

木の雨戸ごっとずらせばひとすじの月の光が右肩にある

霊園はこのベランダからは見えないが　夜、霊園の誰も喋らず

僕の部屋は早稲田から自転車で四〇分くらいにある。
でも彼がどうやって来たのかは知らない。

プリンタを貸してほしいと夜二時に吉田恭大くる、手土産はみかん

夜が明ければ文学同人誌即売会「文学フリマ」。
この二〇一二年の春で十四回目になるらしい。
僕の中古プリンタが猛稼働するがまだ二九部しか刷れていない。

西むきの窓の冷えてく確かさをずるずる引きずり込まれる徹夜

今刷っている「ami.me号外」では吉田恭大とすぎなみ吟行をやった。
二〇一一年冬のことだ。

電球がぎりぎり球であルようにときおり嫉妬も混ざってしまう

「古本屋という湿地に渡り来て5分もせずに次の湿地へ　／千種創一

吉田：古書が溜まっている場所として、古書店が湿地というのはかなり説得力がありました」
（ami.me号外より）

原稿を折り重ねれば山のよう、山である、もう伊吹山である

夜明け前、交代で多少寝た。

手のひらにしゃらしゃらしゃらさせるそれぞれにすこし歪んだ王冠、麦酒の
熱のある金魚のように思い出のようにおまえは隣で寝てる

朝かよ。

早朝のゴミの袋にさまざまが花束みたいに透けて彩なす

海へ伸びる路線に乗り込むそれぞれが若船長の面構えして

文フリ会場は品川方面。なお、この、

連作に九つ嘘をまぜたけどもう潮騒に紛れているな

このビルの向うに海があることをかもめの声に教えてもらう

だやさんは会場でも知り合いが多い。

吉田の「だ」恭大の「や」で「だや」ですとたまに光らす猛禽の目

交代で会場をまわる。

マジシャンの放つ鳩、鳩の鮮やかさ、速さに手元の号外捌《は》ける

自転車をあげる約束して、Dr Pepper不味いなって笑い合う

刃物ならきっと鈍《なまくら》、手に載せてよれよれの藁半紙を愛す

終りの方には印刷失敗気味の号外も並べた。

文フリ実行委員長がアナウンスで閉会を宣言。

あちこちで湧き上がる拍手、川となる拍手、やがて海となる拍手

お別れはうまくいえない　その時も夕焼け、おなじ革の鞄で

（モノレールは大きく海を曲がりゆき）この先は僕とてわからんよ

※

外国はここよりずっと遠いから友達の置いてゆく自転車

「わたしと鈴木たちのほとり」吉田恭大

「早稲田短歌」四十二号（二〇一三）

昔、僕の部屋は早稲田から自転車で四〇分くらいにあった。でも彼があんな夜中にどうやって来たのかは、今も知らない。

秋までは乾きの季節。押し込むというより落とす葉書ひとひら

Trans-

電磁波に鮭あたためる、火に似せた暖光のなか鮭は回って

味噌汁も豆腐も醤油も納豆も豆で、豆だらけの朝餉を

色々な人から永田康祐の展示「イート」を勧められる。千種さんは絶対観てほしい、と。
二〇二一年もいつの間にか三月に入り、会期も残りわずかとなっていることに気づいた。

鉄の箱に乗れば東へ運ばれて眠りにくぐる川のいくつか

降りるとき書き下《くだ》したら馬喰町《ばくろちょう》駅、馬を喰うのか馬が喰うのか

傘をさす指の冷たさ、痛さ、もうネイルの紺も剝がれて真冬

ギャラリーのある深さへと降りていく地下に何かの余熱と出合う

展示の映像作品「Digest (Translation Zone)」の冒頭に
「煙草いりますか、先輩、まだカロリーメイト食って生きてるんすか　／千種創一」
が文字と音声で引用されていた。成る程。

詠むは呼む、呼まれるほどに一行の歌は野原の犬、駆けめぐれ

ギャラリーはコの字型で、地下にあり、その外に広がる暗い地層

「例えば移民の人たちにとって、移動先で食材が手に入らないことも、
言葉が通じないことも、切実な問題です。国境を越えて移動することによって、
人はふた通りの摩擦を、その舌において経験するのです。」
（映像作品「Digest (Translation Zone)」より）

オリーヴオイル切らしたままにその砂の街の短い春を過ごした

この中華食材屋は闇なんよ、って声を背に胡麻の袋を手に取ったこと

ホンムス豆で豆腐を作ったことがある、黄砂のような色をしていた

「料理とは食物の粗野な部分を希薄化すること、
すなわち、そこに含まれる卑俗な成分を取り去ることである。
それは食物を磨き上げその最も純粋な精髄を引き出すことであり、
食物に精神性を与えることだ。
ムノンを始めとする当時の料理人にとって、
料理とはすなわちPurée（純化されたもの）なのである。」
（映像作品「Purée」より）

ならば詩は料理に近く、手の届くすべての言葉を食材とする

文脈を煮詰めつつある床下に大きな水脈くらくあたたか

導火線のように湿って赤さびの手すりは伸びる、雨の地上へ

これは思索の深み、淵　炭酸にだんだん溶けていく永久歯

地下鉄の回送ゆっくり過ぎてゆく暗さに吊革たちを揺らして

記録から呼び戻してきたjpegの金木犀に香りがしない

手のひらへ苦瓜の影は落ちているギザギザそして苦いその影

湯からすくいあげれば豆腐はたちまちに重さを帯びる崩れるほどの

地下に潜る、浮く、潜る、東京は遠浅の海　海ぬらす雨

宝石商

目をこらすと夜は植物園がある薊《あざみ》だらけで近づけないが

八重咲きの牡丹の花弁より多弁、夜更けにあやまちの数枚を

百年の夢を見ようよ　銃口を向けるみたいにワインを注ぐ

タクシーを呼ぶね　二人で真夜中の底へ沈んでゆくための舟

求めない／求められない関係のなかで梨剝く、その透きとおり

残り五発、僕の眉間に撃ちこみな　胡桃の部屋はもう暗かった

あなたの首をやさしく絞めるときの手の／月光／爪の弱さをおもう

先に改札で待ってる。目印に大きな白い本を抱えて

とんぼの章

つぐ

（本作は、二〇二一年十一月二八日の名古屋の祖母宅における対面取材、
二〇二二年二月十二日の現地調査（名古屋市内各所）、
二〇二二年八月十三日の右祖母宅における対面取材、
二〇二二年九月十八日の現地調査（岐阜県瑞浪市釜戸町）に基づいて制作された。）

堀沿いの御羽黒蜻蛉もろいこと脆さが翔んできては翔んでく

新道《しんみち》と名古屋駅《めいえき》の間に、陶磁器の大きな工場があったんだゎ。

陶工場のそばに磁器は積まれとる冬日の白い飴みてゃぁだなも

工場裏のほかったる皿拾おみゃぁ、ふたりの宝物《たからもん》にしよみゃぁ隣の散髪屋のハルちゃんとよう遊んどった。
うちは雑貨屋。饂飩屋、お花屋、散髪屋、お寿司屋、銭湯。
新道にはなんでもあったにぃ。

みんな壊《こわ》けてまうんかしゃん　白い皿、ちょびっと欠けとっても宝もん

饂飩屋できしめん啜りゃあテーブルに浅蜊みてやあに十銭眠る

夕暮れの寿司屋の奥で研がれとる包丁に灯るのは光きゃ

ゼイタクハテキだ言われて霜の日の寿司屋がやがて売り出す雑炊《おじや》

教室でグァムが陥ちたて聞かされて、私《あたし》は何に泣いとんかしゃん

昭和十九年、私《あたし》は市立第三高等女学校の二年生やった。
学校では、伊藤トヨ子ちゃんと仲が良かった。

校庭に雨は銀杏《いちょう》を交ぜて降る、秋の終りの黄ぃない紙幣

肺燃やす声で竹槍突き立てる、何遍も刺されとる案山子《かかし》へ
竹槍なんか届くんかしゃんて笑いあう笑いが運動場のざらざら

夜色の私《あたし》の髪を乾かしゃぁ夜は深《ふか》なる、朝来んといて

市電が路面走っとって、新道からは明道橋《めいどうばし》で乗って、
景雲橋、外堀町四丁目、名古屋城前、大津橋で降りて、
ほんで裁判所前、東片端《ひがしかたは》で、女学校まで歩いとった。

教科書は要らんくなって教室で寒さの何かの部品を磨く

培養をされとるもんは何やろね市電の椅子に西日が眠い

芋粥は霞みてゃぁに薄くって仙人だにゃぁのに私《あたし》らぁ

竈《かまど》から火鉢へ炭を運ぶとき炭のまわりの朝ゆらいどる

町の果てから伊吹下ろしの強《つよ》ぅ吹いて鞄は身体は重たなってく

薩摩芋うすぅ切られて焼かれとる。近所の子らが手ぇ翳しとる
売り物《もん》なぶってかんぎゃぁて御芋屋は蜘蛛の子ちらす、芋の子ちらす

朝やけど月が見えとる、凪ぐ堀にせゃぁも映らんくらい淡いゎ

空堀の底ゆく瀬戸電　夏んなりゃぁこの堀、蛍で満ちるんだにぃ

たそがれの時間を背にして天守閣どえりゃぁつえぇ輪郭だがね

青空が空に貼ったるみてゃぁだなも　ほんまに勝っとるか判れせん

工場の煙とちゃうねぇ西空に黒煙、見たこともにゃあ昏さ

昭和二〇年一月三日やった。一報は学校で聞いたわ。

町を焼く煙の奥に夕焼けが、なんも無《の》うなってまったのに夕焼け

爆撃機からは陶器工場が兵器工場に見えたらしいわ。初の空襲やった。

焼け跡だにゃあてずっと焼けとるゎハルちゃんとまぁ会えせんになる

夜んなると新《しん》堀《ほり》川《かわ》は粘っこく月の光を絡め取っとる

うちも焼けてまったで、大須観音裏の吾妻町にある
おじさんの家に居候さしてまった。繁華街。
おじさんのは「新河内」て店で、
芸妓さんらぁが出入りしとりゃぁした。

これはゼイタクだにゃあきゃ遊廓の灯のやわらかさ見とる、わからん

防火水槽から氷を剝がす、刃《やいば》みてゃぁに陽に透かす

電線の弛《たゆ》みに光と水の粒。今朝の雨、聴いとりゃあしたきゃ

階段のふちっこ小っちゃい地図かしゃん思やぁ蛾だゎ、どえりゃあでかい

昭和十九年の秋から、私《あたし》らぁ市立第三高等女学校《しさん》の学生も大曽根の工場《こうば》へ動員されとった。

鉛筆に、芯に鉛の冬がある、力にもろく折れてまう冬

氷は堀を覆ってきとるその下に鯉の極彩色を閉じ込め

薬莢によう似たそれを磨くとき祈りも削れてまうでかんぎゃぁ

空襲警報も多《おお》なった。

上空の
四
五
度
で
光
っ
た
ら
諦めやぁね、降ってくる、火が

堤防へ逃げりゃぁ遠くに黒い筋　街が煙草を吸っとるんだなも

ずっとお腹減っとるで力、入《はい》れせん。

ケーキ屋に座るところで目ぇ覚めて、まあちっとだのにいっつも食べれん

海月《くらげ》でも死なんくらいの低さから落としてまったグラスが割れる

大曽根もそろそろ危なくなって、
私《あたし》らぁは校舎のある東片端《ひがしかたは》へ戻らなかんくなった。
防空壕が足りんで掘れ言われた。

掘ってきやぁ土はどえりやぁ固なって根っ子のようけ蠢いとるわ

生きてゃぁと死にたにゃぁとの境には浅い壕《ほり》、ほんで墓にも似とる

防空壕のくらさに水は溜まっとる　それから意識が乾かんのだゎ

昭和二〇年一月二三日。担任の先生が怪我か何かで休みやった。昼過ぎ。

一帯にわたる警報、南から（天使だにゃあて）敵機が来ると

頑丈な防空壕はいっぱいだ言われて、だだくさに作ったった防空壕に入った。
担任がおらんかったもんでそっちに回されたんかもわからん。
狭いで五人しか入らんくて、空気穴もあれせん。

よう知らん大人も壕《ごう》に入《い》れたったった伊勢海老みてゃあに屈んどらっせる

貝蓋《かいぶた》みてゃぁな薄っすい扉を閉めながら炎も誰も入ってかんに
壕《ごう》の壁、暗く睨みゃぁ鉤爪が土から出とる　ぜんぶすぎされ

て思ったときやったゎ。

汽車が墜ちるみてゃぁな音して

しばらくの記憶は誰かに抜かれたで、無い

口ん中に砂を嚙んどるところから記憶があって光へ這った

黒煙の奥に　か　み　さ　ま　っちゅう声が血の色をして旗めいとった

だいじょうぶかぁ、って叫んどりゃぁす先生の左の腕の小川が紅い

だいじょうぶ、だいじょうぶって何《なん》かしゃんわからんくなるまで、だいじょうぶ

電線に引っかかっとる服や椅子、音符みてゃぁに夕焼けてまう

学生を／学生やったそれたちを／土から引っ張っとる大人たち

学年主任の先生から「帰りに知らしてくれんかなぁ」て頼まれた。
仲がよかった伊藤トヨ子ちゃんの家は、
焼けんとまんだ新道《しんみち》にあった。

トヨちゃんの訃報を口に含みつつ着いてまうトヨちゃんの家に

先生は拭いて化粧したったげな、遺体に。その手拭いの冷たさ

その夜、帰り道、灯火管制で人の明かりがあれせんの。月だけやったゎ。

生き死にの平野の果ては玻璃の街、月の光をときんときんに散らして

この日、昭和二〇年一月二三日、私《あたし》が入れんかった頑丈な方の防空壕に
もろに爆弾が落ちて、トヨちゃんも含めて四二人が亡《の》うなった。

あんた泣きながら帰ってきたよって教えて貰《ま》ってもただ雪の花

まあ会えせん人とは喧嘩もできせんね　磁器に冷てゃぁ朝日は溜まる

噂に聞いてまって夜毎《よごと》にのしかかる、毒餌に倒れる象の重さが

市電はずっと動いとらん　戦争の見えせん炎は暮らしを焦がす

昭和二〇年三月十二日、大須も焼けたで、
親戚のおる景雲橋の屋敷に身を寄せた。

ひとすじの雲を引いとる偵察機――偵察の人も何《なん》か悔やむんきゃ

蟻は死の匂いをどこで嗅ぐんやろ　御飯茶碗を水に冷《ひやぁ》した

娯楽なんてあれせん。親が映画配給の仕事しとったこともあって、
週の報道をまとめて上映する「ニュース映画」ちゅうのを見に行っとったかなぁ。

誰もおらん上映回は椅子たちが灯りに濡れて白黒の森

出征兵が豪雨みてゃぁに去ってってみんな日の丸まるめ始める

昭和二〇年三月十九日、名古屋駅《めいえき》が焼けた。
景雲橋らへんも焼けたで、庄内川の向うの親戚ん家《ち》に移らなかんかった。

河わたる数分間を撫でたりゃあ、わかる、ひしゃげとるって、心が

空襲が日常になり日常の中に薄っすい芋粥盛《つ》ける

昭和二〇年四月、私《あたし》は三年生になった。
五月、私らぁは工場《こうば》ごと岐阜の釜戸へ疎開した。

貨物車の硬ったい床に坐っとる、蜜柑のあった香りがしとる

布団は持って来れせんかった、私《あたし》ん家《ち》焼けてまったで、て泣く　夜の川

昭和二〇年六月九日、空襲で名古屋の熱田神宮《あつたさん》の近くもやられたらしい。

トラックの砂埃とすれ違い、夜、耳に砂丘は広がってくわぁ

中央線・釜戸駅からすぐの白狐温泉の旅館に皆で居候さしてまっとる。
旅館の調理師さんは、新道《しんみち》にあった私《あたし》ん家《ち》の向かいの新聞屋の娘さんやった。

おますさ《おまっさ》んのとこの子だぎゃあ、って懐かしい声に振り向く　向日葵が咲く

昼は駅前の小学校を転用した工場《こうば》で、軍需品の部品を磨く。

谷に風、吹きゃあ工場《こうば》の屋根が鳴く、何やろ、そういう童話だにゃあて

山奥に地下工場ができるっちゅう噂を川へひらひら運ぶ

足首を流れのゆるさへ入れるとき砂のひかりに真夏が来とる

土岐川は時ながす川　洗濯に早《ひや》あ一時間も流してまった

ひとだま、と誰か呟く夏の夜、汽車から密かな火はこぼれつつ

今思やぁ、空から見えんように夜に軍事物資を運んどったんかもしれんね。

真夜中の泉のよこをとおるとき終りみてゃぁな黒わいてくる

何日も部品が届かん……その意味が工場《こうば》にゆらめく海藻みてゃぁ

調理師さんは辞めさせられたらしい。色々聞きたない噂も聞いた。

竜吟《りゆうぎん》の滝へ遠足　滝の音、ぜんぶぜんぶ掻き消してちょう

炎天はホームの音を奪うけど、爪を切る音、駅長さんの

旅館の天井見ながら、あの一月二三日から、まんだ数か月しか経っとらんのきゃあ思った。

こんな不味《まず》て、ほんで美味しい芋粥も食べれせん、亡《の》うなったトヨちゃんは

さいならを言えせんことは　掌《てのひら》に腐ってまった赤茄子《トマト》を乗せる

皿に醤油のうすい塩湖を張りながらようけぇ夢が行き交ったのに

八月十日位かしゃん、広島と長崎に新型爆弾が落ちたぁ聞いた頃、腹痛で数日寝込んだ。

青柿が色づく前に先生のカミカゼゆうとるもんは吹くんきゃ

真昼間の床《とこ》に臥せとりゃぁ彼岸花みてゃぁだ、細《ほそ》なってく心

戦争が？ 終ったらしい？ と大人らぁが呟いとったとタエちゃんは云う

それが昭和二〇年八月十五日の昼過ぎやった。
玉音放送でのお言葉は大人にも難しかったらしい。

とりあえず、これ、要らんねぇと黒布を外しゃぁ部屋に電球《でんき》あかるい

帆みてゃぁに膨らみながら白鷺の、宙《そら》をゆっくり流されてった

昭和二〇年八月二〇日、名古屋へ戻った。親や兄弟とも会えた。

生き延びたことはぜったい意味あるに　磁器の破片が夜にも白い

空堀に鹿が住んどる跳ねるんが見える、深い緑の闇に

爆弾の落ちて来《こ》うせん空の下、銀貨みてゃぁに米を計った

ほうきの章

繚乱

（本作は、二〇一九年八月十六日にスイスにて行われた、亡命中のシリア人活動家[redacted]への対面取材に基づいて制作された。同人の安全確保のため、一部を改変している。）

千種と申します。[redacted]さん、本日はお時間を頂き、ありがとうございます。

伝えねば、否、伝わるような苦痛であってたまるかの、花、渡さねば

かのサイドナーヤー刑務所にいらっしゃったと。生き延びたのは奇跡ですね。

昼　連れていかれるときのまっくらな視野にあねもねの乱れ咲き

急に手を撲《ぶ》たれたように熱くって、すると指が床に落ちてた

拷問室の壁には鈍い血の跡のあれが花なら枯れた花びら

死体へ放尿させられた、泣きながら、すまない、ハサン、ごめん、アフマド

薄い豆のスープに虫が浮いていたうすっぺらい死の標本として

胃の底を細い荊棘が這い出して、離さない、話せない、この先祖国での革命が成功したら、アサド大統領の一派をどうしますか。

私なら奴らを屠る。君たちはなぜヒロシマを許せましたか

許すのが弱さか許さないのが弱さか　澄んだ川底、砂動く

夏の客、帰っていったテーブルに水滴の銀環を残して

ブドゥルス村

（本作は、二〇二四年五月十一日に行われた、ヨルダン在住パレスチナ系作家N.K.へのオンライン取材に基づいて制作された。）

橄欖樹《オリーヴ》は葉が細いから木蔭にはじりじり夏が滲んでしまう

ヨルダンは昔、「ヨルダン河の向うの国《トランス＝ヨルダン》」と呼ばれていました。
小学生のある夏、ハサンおじいちゃんの家に泊まりに行くことになりました。
おじいちゃんのいるパレスチナは僕の祖国です。

めいめいの頁に風を綴じたならもう夏休み、廊下は走れ

茨の原を抜けていくぬばたまのヨルダン河のみなもはまだか

全部脱げ、と迫る占領兵の眼の青の深さの深いは怖い

国境からはバスを乗り継いでブドゥルス村へ向かいます。

岩の家、まだ朝冷えが残ってて壁に触れればもっと冷たい

肉・揚茄子・米の順に敷き詰めて炊き、鍋を皿へひっくり返すと、

マクルーベひっくり返せば歓声が湯気が香りがつと立ちのぼる

聞き慣れない言葉で、きっとじいちゃんは村の言葉を遺そうとして

橄欖樹《オリーヴ》の太さは雨の豊かさを　ほろんだ竜はかなしかったね
つたえなさい　鉄条網が村を切り裂いた日のこと、絶たれた道を占領されているブドゥルス村に電気は来ていません。

発電機の軽油の匂い漂えばもうじき夜だ　燃え尽きていく

夜の柵の向うの谷に煌々とあれは占領兵の街の灯

一度だけ夜風が吹いてきて（におう）この奥に羊の群れが眠るね

仙人掌《サボテン》の垣根は岩の家々を護るやさしい棘をまとって

朝焼けを鉄条網のその棘の一つ一つに呪いは宿る

茱萸《ぐみ》の樹の下、バスを待つ。黒革の永久みたいな椅子にもたれて

いつか帰るブドゥルス村を想うとき胸の泉がくすぐったいや

この一九八三年の夏休みを最後に、僕も家族もパレスチナに行けなくなってしまいました。
二〇二三年末から、もう何度目かわからないガザへの侵攻が起きています。

繭を抱くように男は撫でている、子の死体を、もう声も失くして

文学に何ができるか　出窓から見下ろす無花果《イチジク》の青葉闇

那由他

訃報みたいな手紙が届き脳天、曇天、鎖つらぬいて冬

午後の一瞬、光の射した玄関にナユタはいた、だから育て始めた

神社には永遠みたいな池があり底に椿のいくつも沈む

トーストに苺のジャムを塗りたくり赤い海、ナユタは波を立たせて

人ん家《ち》の扉は勝手にあけちゃだめ、出てきちゃうからな悪魔が

小学校へナユタを迎えに行くときに朝でも昼でもない野菜園

関係に勝手な名前が付けられて　フェンスのへちまの蔓が枯れてら
すっげえ北、それか南へ飛んでけばいつかは雪の空港がある

おまえはグミを月に透かしてきみどりの光は甘いと教えてくれた

硝子戸はその透明に何千も破片を秘めて静かだ、月夜

笑い方が俺に似てきたことが怖い　洗面台の鏡を拭いた

ナユタの方が頭が良くて　真夜中の田んぼに映った踏切は揺れ

あじさいの波間にあじさいが咲いて%の計算わからない

雨には大小あって、手ぇつなご、これは町を光らす小雨

学校が楽しいらしい　飴ほどの劣等感が喉につかえた

／また指を噛むから思い出してね、夏を、私の部屋を、冷たい床を／

むかし愛した人の面影みてしまい植物園が燃え落ちていく

冬はぜんぶをゆるやかにしていつまでもテーブルの水仙がきれーだ

町の谷底に朝霧みちながら、そう、俺が殺したとも言えて

線だけの姫と野獣にクーピーでおまえは不思議な色を満たした

真夜中に小さなシャツを洗いつつ胸にふる愛《あい》、腹にわく憎《ぞう》

憎しみが俺の心にあることはおもちゃの国をすげえ壊した

悪魔にだってなるかもな　立ち枯れのただれたトマトがもう動かない

麦畑みたいなおまえと倒れ込むその黒髪に火は香りつつ

幸せになってほしいと願うとき花火くらいのかげりはあった

抱くことが愛じゃあないが愛なら抱くこと、寝かしつけること、おまえを

大きめの絵本がいまや隕石になって額へ落ちてくるとこ

楽しいとつま先ぐりぐり回すのな、車窓から風、ぐりぐり回る

氷の悪魔だ、ってふざけるおまえに会えなくなる日が来るだろう　柊

愛するためにまず自分を愛せるか、だ　爪に牛蒡の泥が残って

もう何も奪わないでくれ　震わせて真冬に洗うひまわり、造花の

おまえの髪かわかすときに指いれて、ナユタ、宇宙みたいに広い髪だな

(Inspired by "Chainsaw Man", FUJIMOTO Tatsuki)

はしごの章

知多廻行録

（天保十四年）十月朔日《ついたち》、知多の郡《こほり》にゆかむとて旅のよそひして、夘の時よりぞ出で立ちぬ。道すがら雲立ちて、時雨《しぐれ》のあめ、ふりいでぬれど、やがて空はれたり。山崎が家にて少しくいこひぬ。

あるじ、歌よみて出せる其の歌。

御恵みの露おき初《そ》むる村紅葉けふより後や

世を照らすらむ

（山崎家主人）

令和六年十月一日、晴れ。一八一年前の今日、十二代尾張藩主、徳川斉荘《なりたか》は知多半島の巡覧に出かけ、のちに紀行歌集『知多の枝折《しおり》』をまとめた。

今日はその足取りに従って、車で知多を回る。

とありければ、かへしよみておくる。

初時雨色そふ庭のもみぢ葉をかへる里はば
いかがあるらむ

（徳川斉荘）

時雨とはまた遠い語を遠景の水辺のような
ローソンに寄る

（千種創一）

鳴海《なるみ》にて、ひるの飯ととのへて、

松風の声かと聞けばみるめなきよそに鳴海の浪の音する

（徳川斉荘）

いまの鳴海《なるみ》に海の気配はない。

ここから遠くへ行ってしまった海岸線、光も声も埋め立てられて

（千種創一）

程なく村木村にいたりぬ。小嶋が家にてまた小休したるに、茶亭ありて、釜の湯の音も客まちがほなり。歌よみて送る。

神無月けふは時雨の始めにてうすくもこくも紅葉あやなす

（徳川斉荘）

斉荘は六日で知多を回った。僕は今日一日で回る。まだまだ朝。

去るものをおもわないためのアクセルの天気予報は十月を告ぐ

（千種創一）

緒川《をがは》なる善導寺に至れば、はや酉の時過ぎぬといふ。此の寺に聞慶とて、いと老いたる僧の、うたよみて出せり。此の里は、夘の花の名所なればとて、夏の頃咲きたる夘の花を、紙似をして歌そへて出せり。

まつ思ひ雪とつもれば夏へても消えぬを川の夘《う》の花の雪

（善導寺・聞慶）

善導寺への道は、車がすれ違えないほど狭く、この道が車の時代よりずっと昔からあることがわかる。夜は涼しくなってきたが、昼はまだ汗ばむ。

かくばかり心をつくしたる卯の花の色にめでて返しよみておくる。

消させじと袖につつみし卯《う》の花のゆきより深き心をぞ知る

（徳川斉荘）

卯の花も雪もなくって参道に残暑の光ふりつもるのみ

（千種創一）

二日、善導寺を立ち出でぬるは、夘の時過ぐる頃なり。亀崎にいたり、ここにて、ひるの飯とのへたり。此の浦にて網をひかせぬれば、鯛てふ魚の十あまりもかかりぬ。

浦島か子は釣りかねし鯛をさへけふ引く網に数ぞかかれる

（徳川斉荘）

亀崎を過ぎ、半田で休憩する。浦島太郎の百年を考えて、少し目を閉じた。

百年後もメロンパンはこのかたち、僕らではない誰かがかじる

（千種創一）

半田村なる中野が家にやどりぬ。三日、中野が家を立ちて、長森に小休して、布土《ふっと》の里にて少しくいこひて、河和《かうわ》村、水野の家に行きて、昼の飯とゝのへたり。歌よみておくる。

磯近き河和の浦に住む田鶴《たづ》の千代世《ちよよ》はふらむ声のさやけさ

（徳川斉荘）

河和《こうわ》港で正午発のフェリーを見送る。昔、ここから日間賀《ひまか》島へ渡ったことがある。

海へ突堤が伸びてる　この腕はつかみそこねた夏の何かを

（千種創一）

此の家を立ち出で、岡坂山に登りて、いこひぬ。此の山、いと高き山にて、見渡したる海原のかぎりに、遠かたの山々に猶たちまさりて見ゆるは、富士の芝山なり。やがて夕日の光りにけおされて、見えずなりければ。

駿河《するが》なる富士の芝山しばらくも見果ててあやな夕日うつろふ

（徳川斉荘）

斉荘の登った岡坂山という山は、見つからなかった。

忘れるって野に立ち尽くすのにも似て、やがて風さえ吹かなくなって

（千種創一）

大井村を過ぎ行くに、三日月のかげ、ほのめきて枯れたつる草の中に、松むしの啼きたるを聞きて。

三日月のかげ儚くも声立ててわれを待つらん松虫の啼く

（徳川斉荘）

昼過ぎのカーラジオは戦争を伝えている。

耳を閉じられない僕は目を閉じて、その闇に松虫がいてほしい

（千種創一）

師崎に着きぬ。千賀の家にて、かり枕むすびたり。夜もすがら浪の音のみ聞こえて、いを安く寝られざりけり。

師崎や今宵はここに仮寝してまつ吹く風の波まくらかも

（徳川斉荘）

知多半島の南端の師崎港で、遅めの昼食。フェリーが入ってくるのが見えた。

波止場から子犬は歩く初秋の夢から帰ってきたような眼で

（千種創一）

四日、此の家を立ち出むとおもふ頃、すなとりするものどもの舟を漕ぎ出でて、沖辺にて鯨てふ魚をとるさまをなして、すでにとり得たりといふけしきをもなせり。

上野間《かみのま》、大仙寺にていこひ、内海を見て。

波あらきうつみの浜の塩風にやすくも過ぐる千舟百舩《ちふねももふね》

（徳川斉荘）

半島の西側をひたすらに北上する。大仙寺は丘の上にあった。登った。

墓場から海みわたせば感情は澄んでそこには千舟百舩《ちふねももふね》

（千種創一）

五日、辰の時過ぐる頃、常滑やきをものする竈ある岡に登りて見るに、かずかずのすゑもの、洞のごときかまの内につめたり。

大野村、平野が家にて昼の飯ととのへて、海原を見つつ、海はまを衣の浦といふと聞きて。

浪あらき衣の浦に啼く千鳥かぜ吹きかへす
声ぞあやなる

（徳川斉荘）

大野で車を降りて、少し海岸を歩いた。

道はみな波打ち際で曲がりつつ水底《みなぞこ》へいく
道はなし　水澄む

（千種創一）

大教院といふ古寺を過ぎぬ。此の園に木立ものふりたる松あり。名をとへば琴ひき松といふ。

名に立ちし松吹く風の声すみて心ひかるる琴の音《ね》ぞする

（徳川斉荘）

亡くなった姫を想って、侍が笛を吹くと、松から姫の弾く琴が聞こえたという。ゆえに「琴弾松」。

伝説の松はもう無く、でもそれは書かず、さっきの海を送った

（千種創一）

行くての道より遠くへだたりて、ふる塚の見えたるを人に問へば、業平塚《なりひら》といへり。

猶匂ふ言葉の花は在原《ありはら》のふる塚見れば哀れをさそふ

（徳川斉荘）

業平塚は小さい墓だった。フェンスに囲まれていた。

言葉ってすっごく永く香るから　いま潮風に手帳ふくらむ

（千種創一）

六日、酉の時過ぐるころ城に帰りぬ。道すがら見聞きたる事を、あらあらしくも筆にまかするになん。
天保十四といふとし、神無月、はじめつかた。

斉荘

少し引き返して、さっきの大野海岸から日没を見た。誰かに歌を贈ることについて考えた。
令和六年の十月は、そうして始まった。

千種創一

The Garden

燃えそうに紅葉する名古屋城二の丸庭園の南端、楓の木の枝に、腕ほどの三枚の鏡がぶら下がって風に揺れ、光や紅葉を返している。鏡には白い文字が書かれている。

話し足りない
というのは
美しい感情だ

庭入口の横に背丈ほどの細長い鏡が立っている。鏡には白い文字が書かれている。鏡の前を通ると、文字の奥に、あなたの像が見える。

人生が何度あっても間違えてあなたに出会う土手や港で

庭園を進むと躑躅の植え込みが続く。杉に囲まれていて暗い。植え込みの奥から高く細長い鏡が伸びている。見上げると、鏡はさっき通った紅葉の林を映している。

あなたは僕の幽霊に、僕はあなたの幽霊に、雪の手紙を書いていたんだ枯葉だらけの林に立つ、背の高さほどの鏡とすれ違う。ここにも白い文字が書かれている。

マグカップ落ちてゆくのを見てる人、それは僕で、すでにさびしい顔をしている

歩けば、ふと石棺のような水の溜まった庭石がある。その楕円の水面には楓の紅葉が浮かんで揺れている。その水中に、楕円の鏡が水平に置かれている。波紋が鏡の白い文字を撫でている。鏡には空と紅葉が映っている。

このアカウントは存在しません
桃は剝くとしばらく手から香るから好き

庭をしばらく進むと大きくて、深い、水のない池がある。その中の小島に空に向けてテーブルほどの鏡が置いてある。白い文字と、深い空を映している。

手に鏡のせて
冬空みせてくる
塩湖のようだ
あなたの空は

池に沿って歩くと、小さな丘が見える。権現山という人工の丘で、頂上にはかつて小さな神社があったらしい。残っているのは石段だけで、そのふもとには、白い文字の書かれた鏡がすらっと立っている。

別にいいのにって言葉の裏にある庭へ出てCamel数本を吸う

水のないその池の中心には、また別の小島があり、ここにも鏡が立っている。あなたの像は遠い。

水底が、次いで水面がくらくなり緋鯉はいつまでもあかるい

夜の庭、池は硯の静けさの、まだ一文字も書いてはいない

池のめぐりを歩くと、池は尽きて、迫り来るような岩山のそばを通り抜けようとすると、その頂上に岩の形をした、天窓ほどの鏡があなたに向けて置かれている。あなたはあなたの像を見る。

僕らより
長生きをする
亀を飼おう
僕らのいない
庭を歩くよ

権現山の裏まで歩いて来ると木々で暗くて、その斜面の上の方に横長の鏡があり、こちらに光を返している。そこにも白い文字が書いてある。

もう一度十一月があったなら今度は正しくやるよ　天窓

権現山と栄螺山の谷を抜けて、庭園の北端まで歩くと、突如、眼下に水の張られた城の堀が広がる。あなたは自分が高い石垣の上にいるのだと気づく。桜の木だろうか、葉はもうなく、そこに五枚の鏡が垂れて、冬の風にきりきりと揉まれている。たまにあなたの顔も映る。白い文字。

下がってく

水位があって、

だめだな、

あなたと

朝を迎えるたびに

北端から、庭園の端に沿って南下する。また背丈ほどの鏡とすれ違う。あなたはあなたの像とすれ違う。

先に行ってて。降りてくと舟があるから。いつかのオリーヴ園で会おうね

庭園を去ろうとすると、遠くにまた白い文字をまとって大きな鏡が立っている。あなたの像は遠い。

なんどでも輪廻しようね　また春にオニオンリング、上手に食べる

星の章

想北譚

君の名に海のあること　風力1、曇りの南の港に覚めて

調べればそよ風の予報、君の街だもん、きっと潮の匂いの

鎌倉の梅雨の約束、花束に花を加えるみたいに話す

君が無事に帰れますように　この夜のチャイのみなもに膜は張りつつ

赤や黄をこぼして楓が美術書のように立つ露路、旧い都に

たとえ雨でも月を見て、と言われる　三日後の夢に低く燃えてるオレンジの月

君が夢に出てきたことのおはじきにしたたる冬の朝の光は

逢北譚

終電のさざめきのなか抱き寄せて金木犀や遠雷をおもった

大切な君の、大切な　そうね、冬の甲羅磨きは感謝されるよ

４秒の動画に何度も初雪は、さびしさじゃない、これは会いたさ

君からの声を待つときiPhoneはティラミスみたいに冬の陽のなか

港まで肩にもたれて　ああ、僕ら海や言葉になりたかったんだな

あとがき

本書は、二〇一三年から二〇二五年の間の、同人誌や短歌総合誌に発表してきた作品や、インスタレーション作品をテキストに編み直した作品など、合計二六五首を収録した。

人と人を結ぶ糸は永遠だ、って錯覚してしまうのはなぜだろう、でも永遠にしたいよね、その切れやすくて強い糸で描かれる形があるから、大切に、きっと、大丈夫だ。

二〇二五年一月二一日　豪雨の街にて　千種創一

初出一覧

そして深められ	短歌総合誌「短歌研究」二〇二二年五月号。
距離の青い蝶	合同歌集『ここでのこと』(二〇二一年、ELVIS PRESS)。
化石譚	短歌同人誌「胎動短歌 Collective vol.3」(二〇二一年)。
ami.me号外戦記	短歌結社誌「塔」二〇一三年八月号。
Trans-	アート展記録誌「約束の凝集αMプロジェクト2020-2021」(二〇二二年、武蔵野美術大学出版局)。
宝石商	短歌同人誌「胎動短歌 Collective vol.5」(二〇二四年)。
つぐ	短歌総合誌「短歌研究」二〇二二年四月号、同年八月号、及び同年十一月号。
繚乱	短歌同人誌「胎動短歌 Collective vol.4」(二〇二三年)。
ブドゥルス村	短歌同人誌「まいだーん vol.10」(二〇二四年)。
那由他	短歌総合誌「短歌研究」二〇二三年八月号。
知多廻行録	二〇二四年十一月二八日～十二月十五日、名古屋城にて開催されたアートプロジェクト「アートサイト名古屋城２０２４」の枠組みで、二之丸庭園にて展示された、同名のインスタレーション作品(書店ON READINGとの共同制作)を改作。
The Garden	同右。
想北譚	短歌総合誌「短歌」二〇二五年一月号。
逢北譚	書き下ろし。

註

取材に基づく作品群は、基本的に日本語もしくはアラビア語にて、取材対象者に確認頂き、発表につき了承を取った。作品制作に御協力頂いた各位に厚くお礼申し上げる。

連作「知多廻行録」に引用した徳川斉荘『知多の枝折』全文は、原史彦「《史料紹介》徳川斉荘歌紀行文」徳川林政史研究所『研究紀要』(二〇二六年三月刊行予定)に収録予定。今回の作品への引用に当たっては、できるだけ原文を残しつつも、濁点・句読点・送り仮名の付与、正字の常用漢字化等を行った。制作に当たって、資料提供を含む様々な御協力を頂いた、原史彦 名古屋城調査研究センター副所長補佐に深謝申し上げる。

千種創一

ちぐさ・そういち　一九八八年、名古屋生まれ。二〇一五年、歌集『砂丘律』。二〇一六年、日本歌人クラブ新人賞、日本一行詩大賞新人賞。二〇二〇年、歌集『千夜曳獏』。二〇二一年、現代詩「ユリイカの新人」に選出。二〇二三年、詩集『イギ』、ちくま文庫版『砂丘律』。二〇二四年、アートプロジェクト「アートサイト名古屋城２０２４」参加。

あやとり

二〇二五年四月七日　第一刷発行

著者　千《ち》種《ぐさ》創《そう》一《いち》

装幀　名久井直子

発行者　國兼秀二

発行所　短歌研究社
郵便番号　一一二-八六五二
東京都文京区音羽一-一七-一四　音羽ＹＫビル
電話　〇三-三九四四-四八二二・四八三三
振替　〇〇一九〇-九-二四三七五

印刷所　ＫＰＳプロダクツ

製本所　加藤製本

ISBN 978-4-86272-798-5 C0092